漂う雌型

白井知子

思潮社

漂う雌型《めがた》

白井知子

思潮社

目次

Ⅰ　コーカサスの山竝《やまなみ》

アゼルバイジャン　カスピ海の風　8
コーカサスの山竝　14
グルジア軍用道路の寸劇　20
ジプシーロマンス　グルジアにて　26
アルメニア　モノクロ写真のなかへ　32
北コーカサスの山村から娘が消えた　38

Ⅱ　鬼子母神　ザクロのうた

愛しのハイヌウェレ　44
マサマという名の女神　64

鬼子母神　ザクロのうた　70
イスタンブール　ボスポラス大橋に告知の灯り　78

Ⅲ　雌型《めがた》

雌型　84
落とし主は誰でしょうか　お母さん　88
夕靄の旅人　96
朱夏の告別　108

あとがき　114

カバー・彫刻＝白井保春

I　コーカサスの山竝《やまなみ》

アゼルバイジャン　カスピ海の風

カスピ海からの風が喚んでいる
アゼルバイジャン　バクー　紀元前何世紀かしら
エスミーラ　きみの髪は長いから　すこし　いらいらしてしまう
ならば　切ってしまって　ダビド
いいや　やっぱり　この時間が気にいっている
髪の一筋ずつに油を塗りこむ
あせらないようにしよう
首から肩　硬さののこる胸から腰へ　油を　エスミーラ
きみの心拍を聴きとっているのだよ

ぼくのこの指と耳とがさ
今夜の風は泣いているみたい
あなたが好き　ダビド
エスミーラ　あますところなく　油を塗ったよ
風はゾロアスター教の火に跳びこんでいく
細い道だけを残して　チロチロ　火がもえているわ　綺麗
地下からの原油が滲みでているから
あまり動いてはだめ
肌をあわせても滑ってしまうだろう
今夜は坂道をのぼってきたのよ　忘れたの
そんなことは　どうでもいい
そうね　このまま　二人で燃え尽きてしまいたいわ
熱い　熱いわ
ぼくも　熱いよ

わたしたち　畏れても　ゾロアスター教の光りへのささげものね
炎はつきることはない
失神したエスミーラを抱いて　道を下ろうとするが
二人の影は炎にのまれていく

カスピ海の畔　古い宿
海からの風の叫び
昏い部屋に一人いるわたしにも身をなげつけてくる
昔は　ここにキャラバンサライがあったのね
わたしは　ストールをまき
窓ぎわに立つ
当時の女になって
生まれかわったダビドが　わたし　エスミーラに声をかける
きみを抱きたいだけさ

日焼けした男の腕のなかで炎になりたい
ぼくたちは　いつか　どこかで　会ったことがある
そうは思わないかい
ストールをはずしておくれ
長い黒髪だ　思い出せないほどの過去
きみを一途に愛した
男は　みんな　そんなことを囁くのね
なじってみても　夜があければ　あなたはここを発つわ
革袋に原油をみたし　駱駝でイランに運んでいくのでしょう
そうさ　灯火のため　建物のモルタル　ミイラの防腐剤にしようと　待ってい
　る者たちがいるから
金を稼いで　かならず戻ってくる
カスピ海からの風がひと時もやまない
建てつけのわるいバルコニー側

限りもなしに唸りつづけている
海がよこす風に総身をひたしていればいい
眠れなくとも　うとうとできれば　それでいい
夕食の後　食堂で働いているエスミーラとダビド
厨房の陰で　二人見つめあっているところに
わたし　うっかり　遭遇してしまって

ゾロアスター教の寺院を訪ねるまでの地帯に
古い精油掘削機が無数にあった
地面から　火がチロチロ燃えていた
帝政ロシア時代から二十世紀半ば
アゼルバイジャンが　世界最大の石油産出国だったなんて――
二十世紀末　陸上の油田は
ほぼ枯渇してしまっても

カスピ海の海底油田から生産され
トルコの積み出し港まで繋がれたパイプライン
ブルカ姿には空港以外では出会わなかった
イスラム教徒　シーア派の多い国
女性は肌を大胆にだし
バクー中心街のショーウインドーを
ブランド製品が飾っていた
それでも　紀元前のカスピ海からの風が吹いていた
港町　バクーを出れば
驢馬が荷をはこんでいる

コーカサスの山竝《やまなみ》

グルジアの古都
ムツヘタの昼下がり
野外の椅子の背にもたれ　ワインをのんでいた
ふと　弦楽器の音色がちかづいてくる
初老の男が　リュート属　長いネックのタールをかかえ歩いてくるなど　思いもよらなかった

撥で弦を弾いている
サワグルミ　スモモ　蔓バラ……

木もれ陽の階調
寂寞から　やにわに　劇しさへと
ふたたび　かろやかなテンポ　コーカサス古来の弦楽器だ
草原の葉ずれに濾されてくる声のそよぎ
異族の魂の舌にからめられ　吹きつけてくる

息をひそめ目をつむる　うすい闇のなか　もとめているのは
スキタイ人の末裔　オセット人が暮らす地
グルジア領内の東に位置する南オセチア自治州
グルジアから国境をこえ
地つづきの北オセチア共和国の方角
わたしは　旋律にみちびかれ
指先から肩へと波だっていく

身体を劃する輪郭を去りがてに
騎馬の達人　スキタイ人が駆ける草原の波から波へと
渡っているのだった
滅亡したヒッタイト王国から
製鉄技術をとりこみ
馬に轡をかませ
軽量な鉄の鎧で馬にまたがり
疾駆しながら矢を放つ騎射を身につけた民
駻馬がかすめるように走っていった
わたしは　牛がひく天幕の小屋のなかへ
違和を感じることなく入り　天幕の綻びを繕ってしまう
なんという名　どんな人物の持ちものであるか知らず
ただ　猛猛しくも
未明にはあたたかなスキタイの男だということは　なぜだかわかっていた

ギリシャ神話の冒険譚
褪せることのない哀しみ　悦びのつらなりまでをも囁かれる
さりげなく応えていた
いつしか　蜜語も薫りだち

タールは奏でられている
桑の木を掘りだした八の字型の胴体
くりぬかれた表面には牛の心臓の皮がはられ
馬の尻尾の六本の弦からは　生きる剛毅を　明日の草原になびかせる音色

いま目覚めれば
わたしは　畢竟　スキタイの女
ユーラシア大陸を家畜とともに移動していく一族の女になる
鉄の製造と騎馬の技術で

興亡をくりかえす民族の狂騒　鬨の声が　遥か

残照の先陣　騎馬が戻る
魔境の異族たちをも起こしかねない声で
老婆から女衆に檄がとぶ
「料理は上出来か」と
犠牲獣　馬の皮を剥ぎ
骨から削ぎおとした肉を鉄鍋に入れ
薪がわりにした骨で煮込んでいる
「かまけるな
骨を火に投げこめ
焚け　もっと焚け　火を焚くのだ
よいか　おまえたちの血が　滾るほどにだ
馬の乳　蜂蜜　果実はそろったか」

入りくむ山襞　峡谷　果てしれぬ稜線
放牧された馬や牛　羊の群れとともに暮らしている多彩な民族
コーカサスの精霊がかき鳴らされる
スキタイ人のもと忍ばせてきた
わたしの素のままの声

＊スキタイ人　紀元前八～前三世紀、黒海へ流れこむ河川の流域を支配していた民。ギリシャ神話のモチーフが数多、コーカサスを経由、ユーラシア大陸の牧草地帯で雄飛していたイラン系遊牧民族、スキタイ人により口承で西から東へと運ばれ、東アジアの地から日本へ伝えられたという。吉田敦彦著『日本神話の源流』参照。

グルジア軍用道路の寸劇

あの小太りの日本人の女
わたしたち露店仲間のうちでも
貫禄のニーナに　寄りそうようにしてさ
そう　そう　包帯まいた脚や編みものの手まで
小娘みたいに　やけに心配そうに見入ってたわよね
ほろっとさせられたね　アナもかい　わたしなんかもだ
それが　笑っちまったよ
石に躓いて　見事に転げたんだから
でも　マリアム　あれは　演技さ

わたしは毛糸玉を　ころころさせて　やたら大様に編んでみせてた
あの日本人　売り物の毛糸の靴下を手にしながら
足で小石を移動させといたんだ
見逃さなかったね
ニーナ　あんたを試そうとして転んだってわけ
その通り　隣りのタマリが　わたしを支えてくれなかったら
どうなったもんか　ありがとよ
あの女　照れ笑いしながら立ちあがったんだった
へたすりゃ　あちらさんが骨折てなことも
空気の薄いこんな僻地まで　よく旅してくるもんだよ
でも　コーカサスは絶景
——緑の草原には　羊　馬　牛が放たれ
　雲がつぎつぎ湧きあがり
コーカサスの山頂から裾野まで　ああ　なんという美しさ……

母さんがよく口ずさんでた
ところで　あの女ときたら　転びかけたとき
目で刺してきたんだよ　こっちを
わたしは　反対に射貫いてやったさ　あんな柔な目なんぞ
ソビエトのスターリン時代だって　死なずに生きぬいてきたんだから
まだまだ　現役さ
毛糸のコースター　一枚買って
十ドル紙幣を　わたしの手につかませた
あの女と　頬と頬とをくっつけて　思いきり抱いてやったよ
よきことがありますようにってね　ひとまずは
売る方の演技は子ども騙しで充分なんだ
土産物なんか　どうせ　使わないよ
難しい演技なんてものは政治家の世界でたくさん
でも　アブハジアや南オセチアはどうなるの

ロシアは勢力を広げるいっぽう
安心なんてしていられないわ　この御時世
そうだった　アナの言うとおり
戦争は　まっぴらさ
この村の先は　確かにロシアだもの
忘れちゃいけない　コーカサスを占領するために
コーカサス山脈を縦断しようって魂胆で
ロシアが造ったグルジア軍用道路　ここは　そうでしょう
この間　イタリアの観光客が　三人もふらふら倒れちゃったっていう軍用道路
　の最高地点
二四〇〇メートルの十字架峠があっちでもって
もっと奥地が　わたしたちのカズベギ村
難しいことに耐えられなくなって　妙に欲深になったり
昔からの怨念にはまりこんだりすると

紛争が起こる　胆に銘じておかないと
さあ　さあ　もう客もないだろうし　お茶にしようじゃないか
アナ　タマリ　とびっきりの甘いお菓子　十ドル分
買ってきてくれないかい
きょうは奢りだよ

バスで離れる時
わたしは　後部車窓から振りかえった
脚に包帯をしていた老婆
仲間たちと　堂々と　道路を歩いてわたっていく
やっぱりだった
雨でも降れば
今度は　重篤の老婆の登場か
旅の途次　寸劇への誘いに

涙がにじんできたりして
土産物を売るにも演出がないと
要衝だろうけど　野外で買ったのは　一人きり
露店の女たちの活力に　小太りの日本人の女がしてやられたとばかり
さぞかし爽快だったろう
スカーフをまいたどの顔にも　歳月の見事な台詞
縮みよった皺が刻まれていた

ジプシーロマンス　グルジアにて

丸刈りの頭
囚人服を着せられて
ひどく痩せてしまった　サフェード　かなしい
こんな夜に繋みまで　命がけで走ってきてくれた　きみは美しい
さあ　もっと　近くまで
もしかして　カティ
あなたには内緒にしておきたかったの
なんてことだ　僕に打ち明けてくれなかったなんて
きみを手放したくない

生まれ月になってしまったわ
誰の子かと聞かれても　あなたの名は秘密
「ジプシー収容所」のすべての男の子どもだと言いはるから
サフェード　名のってはだめ　絶対に　いいこと
あなたは　生き抜かなくてはいけない
子どもが無事だったら　かならず　あなたが育ててほしい
お願い　いま　約束して
きみのこと　こんなに愛しいのに　なんて馬鹿なんだ
わたしの声を覚えておいて
わたしの身体を覚えておいて
今晩が　きっと　最後になるわ
赤ちゃんだけは助かるように
仲間たちが　裏で　工作してくれているの
あなたと　ずっと　こうしていたい

死は覚悟しているから　でもよしましょう
もう行かなくては危ないわ
この　瞬間が　僕たちの永遠であってほしい

カティは出産した
赤ん坊の泣き声に気づいたナチスの兵隊から　父親は誰かと自白をせまられた
が　拒否しつづけ
ジプシーのすべての男が父親だと　気を失いながらも――
棟の外に引きずりだされ　銃殺された
女の赤ちゃんは死をまぬがれた

†

グルジアの首都　トビリシの夜
ワイナリーを改装したレストラン

砂塵で錆びた鍵穴を　いくつも通りぬけるような
ハスキーな歌声
女性がギターを爪弾き
ジプシーロマンスを歌うなか　夕食の席についた
語りかけ　真上を見つめ　誰も追いつけない最果てまで
歌声は　聴く者をいざなう
ジプシーバンドとの出会い　生演奏だ
男性のボーカルは若者
ロシアロマンス　ジプシーロマンス　スペイン　アメリカ　イタリア　グルジ
　アの歌……
手拍子だけではたりない
身体もゆれだす
グルジアのガイド　ターニャさんに踊りましょうと
二人で踊りだすと　みんな

踊る　踊るわ
チップの籠はふくらんでいく
バンドもボーカルも意気が揚がり
しっとり　はじけるように時は流れていった

ホテルに戻り　自室をあける
ワイナリーのひんやりした洞窟
サフェードがジプシーロマンスを絶唱していた
カティの娘　あどけない少女が踊りだす
薄暗い奥のほうで
カティは寂しげに微笑んでいる
バンドの新顔たち　彼らの家族　隣人　友人たちもいる
天井からの雫を見つめながら
わたしは　彼らと踊る

湧きあがる手拍子
歌いつづける　踊りつづける
黴だらけの　屍骸の　血のきつい臭いのなか
大勢　こんなにも人間がいた
ワイナリーは拡がり　いくつもの通路
古い瓶が並ぶ
ヒットラー率いるナチスの「ジプシー収容所」で
「収容所」への移送を待たずに殺された者も多く
少数民族であるという理由をつけられ　第二次大戦時　ナチスに
五十万人のジプシーが殺害された

アルメニア　モノクロ写真のなかへ

女性が叫んでいる
写真のなかに封じこめられたまま　大勢が右往左往し　土埃が舞いあがってい
る
小花模様の服の女性に焦点が当てられている
これ以上　叫ばせておけなくなって

お母さん　どうしたの——
思わず応えてしまった
わたし　写真のなか　町角を歩いていた

アニー　こんな処で何してたの
わたしのことらしい　アニーという名前
随分　捜したじゃないの　心配ばかりさせて
明日の朝には　この町のみんな　移動することになったの
アニー　あなたも知っているはずでしょう
お母さん　いまから
アルトゥール伯父さんのアパートに行ってきます
一人住まいだから面倒みてくるわ
あなたは家に帰って　用意をするのよ
驢馬にぶつかりそうになった
石榴を食べちらかして　アラムーたち　お馬鹿さん
木の棒なんか振りまわして　あの男の子たち　まだ遊んでいるんだ
わたしだって親友のガヤネと
しばしのお別れをしてきたばかり

あの女の人　すごい早足　赤ん坊がむずがってる
男の子が走ってくる
男の子のお尻を叩いた
あっ　また　叩いた　魔女かもしれない
甲高い泣き声　顔がぐっしょり
みんな　ゆがんで見える　ひどく苛立ってる
野外市場は出ていない
商店はどこも閉まっている
わたしたち　移動させられても
我慢していたら帰ってこられるのだから
その時は　貯金箱のお金でスケッチブックを買おう
森に入って水彩画を描きたい
花とか　鳥の親子　木の葉っぱがそよぐところも
あっ　黄色い蝶が風に乗っていく

桑の実が踏まれて　紫色
血みたいに　にじんでいるの　いやだな
薄暗い通りに　人がいっぱい出てきた　急がないと
でも　アンナの家にだけは寄っていくわ
彼女のお父さんは学校の先生
一昨日の夜　オスマントルコ兵が扉を銃刀でドンドン叩いて　お父さんをどこ
　かへ連れていったんだって
殺されてはいないわよねって　ずっと泣いていた
わたしの家は仕立屋　オスマントルコ兵は来ていない
どこまで　わたしたち　移動するんだろう
アルメニア高原から
チグリス川とユーフラテス川は流れている
青年たちの集まり　何人いるの
口論の声がぶつかりあって　空の方へ

荷物を肩にかけたお婆さん
一歩ずつ　杖をついて
そうだわ　病人はどうするの　お年寄りは
驢馬か牛車で運んでもらえるわよね
気をつけろ　何ふらふらしてるんだ　さっさと帰れ
ああ　家はどっちだったかしら
おかしいわ　何だか
記憶って　どこから湧いてくるの
野アザミに擦れちゃった　やたらに痛い
アルメニア人はディアスポラで
ロシアやフランス　アメリカなんかへ出稼ぎに行って
稼ぎがとってもいいんだって
お祖父ちゃんの誇りだ
商売の腕なら　ユダヤ人にも　ギリシャ人にも負けないってね

遠いけど　アメリカに親戚が住んでるらしい
外国に行ってみたい
いつかアメリカへ行こう
きっと叶うわ

ほどなくしてユーフラテス川をアルメニア人の死体が漂流するのが目撃される
　ことになる
一九一五年四月二十四日未明から
オスマントルコによるアルメニア人のジェノサイドが勃発し
殺害された者は六十万から八十万人といわれている
アルメニアのエレヴァン歴史博物館
セピアにちかいモノクローム
夕暮れの一枚

北コーカサスの山村から娘が消えた

牛や羊
鶏たちの群れ
かすれた烈風に
古代の匂いがはこばれてくる
老いの歳月には
自力で立ちむかうしかないことを疾うに知っている老女が
ざっくりした織りのストールをはおり
あちらの世に住まいを移していった愛しい者たちとの距離をはかりながら
戸外で糸をまいている

コーカサス　起伏ある歴史をひそめた山村

植えられているサンザシの樹木
山小屋ふうの家屋の背後には灰褐色の丘がつらなっている
通り雨がさり　さらさら光りがこぼれて
緑陰で少女がオルゴールの螺子をまく
坊やと犬は泥んこになって走りまわる

陽だまりの点在する林をぬけたところに
肩をいからせた男たちの働く古い作業小屋
汗みどろになり黙々と仕事をこなしていく

一人また一人　夕暮れになると
扉をきしませ　家族がもどってくる

貧しくとも　淡い灯りのもと
夕餉の料理が曽祖父の作った厚いテーブルにならびだす
チーズがもられた皿
代々家系につたわるヨーグルト
茹で肉にプルーンいりのジャムがそえられ
香味野菜　彩りの果実
まったりした葡萄酒
トウモロコシ入りのパンは
焼きあがったばかりの香ばしさ
会話のつづき

一人また一人　しかし　深夜になっても
十九歳の長女　ライーサ
露をふくんだ野薔薇のような微笑みをもつ娘が帰ってこなかった

驢馬がひく荷車くらいの速さで
ライーサが消えたという噂が村中につたえられていった
隣村の娘も　忽然と姿を消したまま
いまだ消息は不明だという

立ち話のなか　しだいに
ある組織の影が浮かびあがってくる
アゼルバイジャンのバクーに本部があるらしい
そこには　村々の娘たちの名前が
恐ろしいリストにのせられているかもしれないと耳打ちしあう
ライーサの家では　とどこおった捜査に　業をにやしている
知りあい　親戚　あちこち連絡しても　手がかりなく

夜には　新聞を　こわばった家族の顔がかこんだ
〈モスクワ〉という活字を追う
争いの先行きを真剣に話しあう
鎧戸が鳴っている

Ⅱ　鬼子母神　ザクロのうた

愛しのハイヌウェレ

ウェマーレ族　ハイヌェレ

少女が砂浜でステップを踏んでいる
微笑の雫　うた声にあわせながら　遠ざかっていく
――名前はなんていうの
――ハイヌェレ
愉悦の光りと　つつましやかな翳とが　数千年をさかのぼり
褐色の　まだ硬い胸から腰へと　少女の肢体を

そっと押さえつけている
インドネシア
モルッカ諸島の一部　セラム島
その原住民ウェマーレ族には　『古事記』とよく似た作物神話がある
風の描線をなぞって　ハイヌウェレ
あなたは　どこから　どこへ
わたしがジャワ島を旅していた間　あなたの吐息は
ずっと　この耳もとに

ハイヌウェレ　あなたは椰子の木に実がなるように誕生した少女　木のもちぬしだった男性がわが娘にし　バナナの実から生まれた人間の祖先たちとともにのどかに暮らしていた　少女は珊瑚や黄金の飾り　磁器の皿……うつくしい宝物を尻の穴から出しては　人間の祖先たちに贈っていた
人々は次第に気味わるくなり　ある夜のこと　皆でマロという踊りをおどって

いるとき　ハイヌウェレを深い穴におとし　土をかぶせて殺してしまう　朝になり　娘の死を知った父親は　かわりはてた死体をいくつにも切りきざみ　断片を別々の場所に埋めた　すると　土のなかでそれぞれ種類の違う芋に生まれかわったのだ　ウェマーレ族により畑でそだてられ　食されている芋が発生する

オホゲツヒメ

『古事記』に記されている　あるとき　スサノヲがオホゲツヒメというい くらでも食べ物をもっている女神のもとを訪れた「何か食べさせてはもらえまいか」とスサノヲにたのまれたオホゲツヒメは　みずからの身体のなかの食べ物を口から吐き　鼻や尻の穴からどっさりと出し　ご馳走をつくってすすめたのだ　女神が身体から食べ物を出すところを見てしまったスサノヲは　怒りにふるえ　女神を殺してしまう　するとオホゲツヒメの死体の頭からは蚕　目か

らは稲　耳からは粟　鼻から小豆　股のあいだからは麦　尻からは大豆が発生
し　農業がはじまったとされている

マヨ祭儀

満月の夜のことだ
ニューギニアの西南海岸にくらすアニム族　この原住民の少女　わたしは
大人になるための儀式にでる少年・少女とともに
部落の広場　輪のなかにいた
月が真上に来たときだった
精液をまぜた濃い緑色の泥が歯に塗られ　服を剝ぎとられた
川に入り　邪悪を水であらいおとせと言われた
素膚におりてくるのは　月の光りだけ
長い髪と身体を白く塗られる

これからは叢林に住むことになる
椰子の葉から自分でつくった衣服を
頭から　すっぽり被るよう命じられた
「デマ神」という神になった男たちから
アニム族のさまざまな食物が発生してきたこと
椰子の樹ののぼり方　実のとり方　実に穴をあけるやり方
だれもが毎日やっていることを　はじめてのこととして聞かされる
はじめて知るみたいに真剣にならないと
とがった枝で打たれる
満月が五回　頭の上をめぐった
叢林から帰ることになる
少女ばかり　だれもが　恐怖から逃れようと
泳ぐような乱れた歩きよう　わたしも泣いていた
これから部落ではじまる祭儀を幼いころから見てきたからだ

満月の夜だった
部落につくと　わたしたち若者は広場の中心に
「殺す父」という男が　儀礼のための耀く武器を手にあらわれる
「マヨ娘」とよばれる生贄の少女をえらび
人々の前で殺すためだ
「殺す父」の歩みが　わたしの前で　ぴたりと止まる
わたし　わたしなのか　「マヨ娘」にえらばれてしまったのは
唸り声で月を刺し　暗黒にしたい
四つ足になり　地を叩いた
輪から逃げだそうとした
すべての男たちがやってきて　わたしは犯される
どれくらいの時が流れていったのか
わたしがいない

と　その時だった
巨大な「殺す父」が目の前にそびえた
同時に　兄が男たちを払いのけ　輪のなかのわたしを抱えこむ　奪おうとする
だれもが　怒りだし　足を踏みならした
不吉なことがおこる　不吉だという声ばかり
男たちが兄を刃もので刺した　かえり血がわたしのもとに
兄が引きずられていく
アッ　武器が振りおろされた　わたしにだ
頭と胴体が切りはなされたのが
〈いま〉ということか
血が吹きだした
頭と胴体が別々に騒いでいる　とても寒い
切りきざまれている　とても音が遠くで……
アニム族の大人たちが　わたしを　生肉をしゃぶっている

うすい闇にとろとろ吸いこまれる
兄は殺されても　人に喰われることはない
じきに　獣が嚙みつきにくるだろう
わたしの骨が　大勢に切断される
一本ずつ　別の椰子の根もとに分けて埋められる
幼いころ　母の内腿のあいだから見た「マヨ祭儀」のことが　シャーシャー渦
　まいて……
わたしの血を椰子の幹に塗っているのは　だれですか
慕う兄ならばうれしい
「たましい」という難しい言葉は兄がおしえてくれた
叢林に入る前の日に　肉や骨を失っても　「たましい」というものはあるのだ
と　きれいな蝶をわたしの髪にたくさんこもらせて……
土に埋められている
血の波がさらっていく　さらって……

芋に　芋に生まれかわるから
もう　いいよね
きっと　これが「たましい」ということかもしれない

芋が育つようにと願われ
アニム族によっておこなわれていた太古の出来事のくりかえし
ハイヌェレの殺害に酷似した　マヨ祭儀――
ハイヌェレ型の神話をもつ民族たちが　インドネシアやメラネシアなど　南洋
　の島々から　縄文中期までに日本に流入し
芋の栽培を伝えたのだろう

　ばらばらにされる土偶

わたしはもう長くはない

ナミ　わたしの娘よ　告げておきたい
子が生まれたら　おまえの血筋の男たちに　石斧で
青い粘々した土を掘ってもらえ
そして　満月をむかえたら
おまえは土偶作りの女のもとへ行け
その女は月と地と自分だけになれる草深い処に住んでいるから
迷わず掘った土を持ち　赤ん坊とともに行くのだ
大地の女神を喚びだすためだ
乳がはり　腹はことさらに突きだし　尻は重みにしなう
女神の土偶を作ってもらうよう頼み
すぐに　集落にもどれ
女は　粘つく土を捏ね　叩き
武骨だが繊細な指と掌で工夫を凝らし
作ることだけに務める

だれとも口をきかず　半狂乱で作りあげる
うつくしい大地母神の似姿を――
しあがった土偶は
集落の祭りの夜に男どもが野焼きをする
ほかの土偶　ほかのたくさんの土器と一緒にな
おまえが頼んだ土偶の顔は
どこかおまえに似ているはずだ

数日で焼きあがる
野焼きの穴から　皆で灰をうち払い
あまたの土偶と土器を取りだす
次には　骨折って作り　焼いた大地母神の像を
人々で破壊する
破片は　別々の離れた場所にはこび　地に埋めるのだ

殺された女神の身体を破片にして埋めれば
身体のいろいろな部分から
人々の暮らしに欠かせないさまざまな好いものを生じさせ　母神の働きを果た
　してくれるという信仰に
われわれは縋って生きている
わたしの娘　ナミよ
土偶は地の女神　けれど　殺さなければならぬ
殺して　ばらばらになった破片を
べつべつの場所に埋めれば　そこから　芋が育つ
われわれは　食物　芋の類に飢えている
話すのは一度きりだ
この集落で　この地で生きていくために
おまえが為すことはわかったな
わたしはもう長くはない

自分が知っている
声が　声が……目が……
何も見えない　聞こえない

焼畑　女神の屍体から

つややかな緑の葉をつけ
落葉しない林におおわれていた日本の関東以西
ヒマラヤ山脈の南斜面から　ビルマ
長江より南の中国　江南地方にひろがる地　照葉樹林帯

照葉樹林帯の人々　伐採した
林は　藪は　薙ぎ倒され　星屑が降りしきる
草木が乾燥する

火がはなたれる

大地の女神　わたしは
人々を遥かに超えた威力をたずさえ　人々に畏怖され　人々の祈りをもって喚
　びだされる存在
炎の彩の糸に縫いこまれているのだ　わたしの臓腑
一針　一針　縫い針のきらめきにそって
息をつぐ
風になびく屍衣
内腿をつたうのは朱の雫か
烈火に映りこむわが群像
虚空をたぐり　乖離することなく連鎖する　夥しい像と像
なおも火を啖らい
やぶれやすい蝶を

火柱に截ちわれた獣をとろかす
ひたすら　深邃をのぞき　崩れていくのだ
女神である　わたしは――
焼畑の地　火の滓がたちこめる地は
わたしの腐乱の屍体
葬りと再生の炎にとりこまれ
熱波は　種子を　腋芽を　眠りから覚ます
焼畑は女神の情感と臓腑をからめた　人の業だ
根方から緑が萌えだし……

芋　粟　豆類　雑穀の栽培が　中国江南地区から北九州に
やがては稲の栽培も　縄文中期から晩期にかけて伝えられたという
焼畑の作物は　女神の血と肉そのものであると
作物の起源神話には語りつがれ

残さず　残さずにね

子どもだった
はじめて参列した葬儀は
祖母フミのものだった
火葬場の扉から　白く砕けた
見たこともない熱そうなものが運ばれてきた

奇妙な箸の持ちかたで　瀬戸物の壺へうつしてしまう
――どうして　温かいうちに食べないの
伯母にたずねると　ひどく叱られた
――お祖母ちゃんの焼けた骨なのだから
　金輪際　そんなこと言ってはなりません　なんて子だろうね

祖母には　かわいがっていた軍鶏の蹴爪が
秘かに生えかけていることを
わたしは知っていた
つぎに扉があいたら　きれいにお召しかえして
白足袋もはいて出てくるから心配ないと思っていた
帰宅して　精進落としというご馳走を食べはじめても
まだ　祖母はいなかった

壺は仏壇に
木箱と並んで置かれてあった
蓋をつまんだら持ちあがる
焼けた骨だというものを　我慢しきれず
急いで口に入れる

融かしながら　裏庭の鶏小屋へ走った
喉をとおるときには灰みたいで噎せて　不味かった
水がむやみに欲しかった
ひょっとして祖母はまるっきり軍鶏になってしまったのかしら
小屋の扉があけっぱなしだった

仏間にもどったけれど見あたらない
誰もさがしてなんかいない
北沢で農家をしている宣ちゃんと呼ばれている　お爺さん
毎年　秋祭りになると
炊いた里芋をたくさん持ってきてくれた
歯が何本もなかったし　怖くて近よれなかった
里芋だけは美味しかった
――フミ叔母さんには　可愛がってもらったなぁ

せめて　芋煮て持ってきたさ　酒飲みの俺でもよ
伯母たち　叔父たち　母だって
祖母の骨を　ほんとうは食べてみたかったのだ
そうに決まっている　意地っぱりなのだから
みんな黒い着物や服を身につけて
料理のたくさんのっている座卓をかこみ
神妙に喋りっぱなし

わたしが親になってから
秋口の祭りのころになると　里芋を炊いた
――内緒だけど　いいわね
死んだ曾祖母ちゃんの骨と肉なの
大事なものを食べさせていただくのだから　残さず　残さずにね

＊吉田敦彦著『日本神話の源流』『神話の考古学』から引用させていただいた部分があり、全体に参照させていただきました。

マサマという名の女神

泣きくずれた
浅紅色のサリーに身をつつんだ女性が
もう　いや　踊りたくない
娼婦なんかではないもの
わたしたち被差別カーストはダリットと呼ばれている
ヒンドゥー教の寺院へは入れてもらえない
幼い女の子が病気になると
医者に連れていってはもらえず
ダリットの寺院にあずけられるの

その寺で病がいえれば
神にささげられた子「マサマ」になる
「マサマ」は女神
神と契りをむすぶ身
黄泉路まで　ほかの男性と結婚させてはもらえない
きつい化粧をされ　村々の祭りをめぐり
少女であっても　妖艶な女になれといわれる
指先でさそい　全身でさそいこみ　息つづく限り踊り狂えと命じられるわ
男性から　僧侶から　ルピー紙幣を貼られるがまま
蔑視された女神
祭りは宗教の儀式だから
男性から何をされてもこばめない
こばめば処罰される

インド亜大陸南部
東海岸の都市　チェンナイのZブロック　九番通り
タミルナド女性フォーラム
被差別カーストの惨状
ほかのカーストから受けた酷い暴力のかずかず
抵抗すれば　命までおとしかねない恐怖の脅えがまといつく日々
惨殺される者が絶えないという
男女十数人ほどから
危機せまる実情がつぎつぎと語られていった
約束の時間をすぎていく

かれらの血まみれの来歴を　激情を一気に告白されても　わたしは疎い
全重量を尽くし振動するこの宇宙にあって
生そのものが清冽な秘儀なのだ

フォーラムからの帰り道
夕靄かかるヒンドゥー寺院で
ヒンドゥーの神々の顕現をねがうプージャがおこなわれていた
われ先に柵から身をのりだす信者たちの滾る血
火は焚かれ　ふきあがる炎
シバ派の僧侶たちが
巻き貝　バナナ　薔薇の花を箱にならべていく
うやうやしく楽器を奏し
供物の箱をかついですすむ僧侶らの後ろから
ねり歩く信徒の列が長くなる

ヒンドゥー教の寺院に足ふみいれられない者たちがいること
わたしは知らされたばかりだったのに――

チェンナイの喧騒にまぎれこむ
辻をいそいで渡る
遠距離バスのターミナル
乗客たちが両手に持ちきれないほどの荷物とともに降りてくる
帰宅がかなうのか　安宿をさがしに町なかに散るのか
鬱蒼とした樹木が闇にのまれていく

バスは桟の入った窓が開けはなたれたまま
運転席の前には　ヒンドゥーの神々の板絵　しおれた花びら

＊タミルナド女性フォーラム　公平な社会進出の機会が保障されていないインドの女性支援活動を
行なっているＮＧＯ

鬼子母神　ザクロのうた

南西アジア原産
十世紀　中国から渡来した樹木　ザクロ
初夏　あざやかな紅色の花が空を彩り
実が熟し弾ける秋
ぎっしり詰まった果肉の粒があらわになる
ザクロ　古代の陽射しに融けいってしまう懐かしさ　どこからくるのだろう

†

ふかい紅色に透きとおり

種子をおおう多汁をひめた種衣
ザクロ　食する種衣は血肉の記憶に触れるところだ
胎児をつつんでいた膜と胎盤の胞衣《えな》
布や菰《こも》　油紙にくるまれ　土に埋められてきた後産の匂いを覚ますからだろうか
人肉の味がするといわれているからだろうか
えぐい　えぐい甘酸っぱさ　渇いた舌に吸いつき　喉をつたっていく
ぎっしり詰まった果肉の粒は　多産を予兆する
ザクロを吉祥果とする　子を守る鬼子母神
平安朝の昔から信仰されてきた

†

インドでハーリティーといわれた鬼子母神。インド仏教神話の女神である。

鬼神王、船闍迦《バンチーカ》のもとに嫁ぎ、五百人の子を産んだ。鬼子母は日夜、王舎城内の他人の子を喰ってしまうので、人々から恐れられた。釈迦は、暴虐このうえない過ちから彼女を救おうと、末っ子に鉄鉢《てっぱつ》をかぶせ隠してしまう。怒り狂った鬼子母、天下を隈なく探したが見つからない。「我が子を喰い殺された父母の嘆きはどれほどであるか。何人も、おまえ同様、子が可愛い」釈迦から峻厳な戒めをうけ、鬼子母はこれまでの悪行を悔いた。釈迦は末っ子を鉄鉢からとりだし言いそえた。「おまえが子どもを喰いたくなったらザクロを食せ。味が似ている」釈迦に帰依し、弟子となった鬼子母。安産、子育ての神となることを誓い、善神、鬼子母神となる。

西から東へとシルクロードに沿い、仏教の伝播とともに聖母、鬼子母神は中国内地、日本列島に伝わる。夫は仏教の流れとともに憤怒の形相から変転し、七福神の一人、大黒天となる。開運、福徳の神。

雑司ヶ谷　鬼子母神堂の境内、ザクロのえがかれた絵馬には「健康な赤ちゃんが授かりますように」「娘の病気が一日も早くよくなりますように」「商売繁盛」……。この寺に安置されている鬼子母神像は一児を抱き、吉祥果ザクロをもつ天女形。大黒天は鬼子母神堂の大黒堂に安置されている。

†

鬼子母の故地は西北インド
実在であっただろう女たちのおぞましい叫びがきこえてくる
この仏教神話の文脈から　時代をさかのぼり　さらに
目路のかぎり荒れはてた地
実るものも絶滅した飢饉の年月
手にかけた最後のもの　人肉に喰らいつき
生きながらえようとしたのだ

霳　老母　涸れつきた娘……
人の輪にたかられ　殺がれていく
息絶えた我が親をも
うつろな目をすえ　唇をかみ　無意識に……
壮年の男でさえ　隙をみせれば　がっくりと頭を垂らす
錆びた鉈で断たれるのだ　炙られ　骨まで舐《ねぶ》られる
熱波に煮とろける者
飢饉の年月が長びくほどに
地のいたるところ　落魄
骨がくだけ　崩れだした形体
喉を嚙み切られるかもしれぬと怯えながら　あらがいながら
最期をさしかわす性愛
風がしなる
女は魔道に迷いこむ

産んだ我が子を　夫に　他人に喰われるのなら
いっそ　渇いたこの身のうちに還そうか
残照だけを纏い　赤ん坊を抱き　蹌踉と砂漠へ歩んでいく
我が子の手ざわりにうすく笑い　出ない乳を吸わせながら圧し　死のうちで一
　体に
払暁まで待たずとも
惑乱の地平は砂の地平にのみこまれる

餓えの時代が過ぎても
慟哭の記憶は女たちから去ることはない
時空をまたぎ　女から女へと因果の鎖と化し
臓に沁みいる人肉
狂乱の咎の重圧は　餓えの　死の境界に現存した女たちが
その末裔が負わされたのだ

インドの仏教神話の訝しさ
鬼子母だけに
罪過を被らせてすむものではない
夫たる鬼神王の姿が消されているのは　なぜか
インド　ヒンドゥー教のシヴァ神の化身であるマハーカーラ
人の血肉を喰らう神
暴虐のかぎりをつくす鬼神王の行為は
断罪をまぬがれている　悔恨の情すらなく

†

古代の蒼空から零れおちるザクロの実
神々は甘美な遠近法を脱ぎすて
香りたつ時空をおしみなくも自在に手繰ろうとする

神話は現在を生きる人々の赤裸をあかす　現在を息つぎ　未来を牽引してやま
　ないパトス
燃えさかる土地から土地へと爆撃は絶えることがない
人は大量に喰われている　いまも　間断なく——
極薄なデスマスク　古層から幾重にも貼りついた顔貌が引き攣り
ぼろぼろと破れていく
苦難の　怨嗟の……疎密な穴がうがたれている
ぐしゃり血にぬめる球体
胎児の拳ほどの

イスタンブール　ボスポラス大橋に告知の灯り

兆してくるものに
この身をあずけたかった
海風が首筋にまといついて　冷たい
黒海から　マルマラ海へとわたる　ボスポラス海峡
北上する舟のなかで
わたしは膝をかかえていた
古代からの末期の息をそっくり攫い　吹きよせる風だ
いっそ　このまま　劫掠されてもかまわない　と　その刻だった
海峡に架かるボスポラス大橋に

灯りが煌々とかがやいた
これだったのか　ビエンナーレの作品とは――
古都　イスタンブールに赤ん坊が生まれると
市内の病院から
親が灯りのボタンを押すしくみになっていたことを思いだす
ボスポラス大橋に設置された四十の照明が
十秒間　燦然と照りわたる
兆しではなく　告知
東洋と西洋を分かつ海峡の
風を受けた生命　その誕生をこそ
わたしは待ちわびていたのだ
母親のほてった素肌に
祈りをこめて
ちいさな濡れた人体が包まれている頃だ

索漠とした人々の心に
身のうちに沁みる
告知の灯り

二〇〇一年九月二十二日から五十七日間　開催された　国際美術展
イスタンブール・ビエンナーレ
出展されたイタリア人　A・ガルッティの作品
つぎにボタンを押すのは　わが子だと
むかえる支度がなされているのは
どの窓辺だろう

倒錯していた　空が
血と炎　乳濁色の煙に占領されてしまっていた　くぎれない空
二〇〇一年九月十一日　ニューヨーク

世界貿易センターのツインタワーから
快晴の空に目をやる人
ビルの何階か　指先が家族写真に何げなく触れる
花瓶に入った黄色い薔薇が微かにゆれた
午前八時四十六分
一機目の航空機が北タワー激突

人は人をどれだけ憎めるか
人は人をどれだけ愛せるか
人は人をどれだけ赦せるか

＊第七回イスタンブール・ビエンナーレのアートディレクターは長谷川裕子

Ⅲ

雌型《めがた》

雌型《めがた》

母が羞みながらも
せつないほど帰りたがっているのは
光彩をひそめた漣が
大脳をよる辺として浮かびあがってくる　ただ一軒の家
あなたの生家
やわらかな鎖を編むように
連なったベニシジミ蝶が幻夢をよぎり　門から　過ぎた歳月の奥行へと遁れて
いく
楡の木や欅の老いた下陰　花々のゆかしさ

住んでいた人たち　虫喰いで崩れてしまいそうなデスマスク
どれもが　別な方角をむき
窓の内側で軋んでいる
母はすっかり子どもになって
納戸の行李のほつれた糸を残らずときほぐし
鳴りやまぬ階段におびえたり
回り廊下をうつ雨だれ
小屋のゆがんだ金網に吸いついて幽かに生きている鶏
こわされた茅葺き屋根の生家は　あなたの吐息に支えられながら
失われていく言葉のなかで
うっすらと建っている
「お母さん　天気がよくなったら
　茅葺き屋根の家まで行ってみようか」
「そうしてくれるかい」

真顔でわたしを見つめる
焦点をずらさず　まばたきもせず
あなたは　娘の虚言に　ただ気づかぬふりをしてきたのか
壁に吸いついてしまうまで　わたしは後ずさる
二人の間　とうに約束はできていた
そのときがきたら
デスマスクができるまで見とどけること——
あなたの顔面に　わたしの涙を油にして塗り
わたしの真裸の表情を石膏となし　素早く　あなたを押さえつけ型をとる
硬化してきたら　雌型となった　わたしの顔は離れる
雌型のわたしに　乳濁色のあなたの顔を
いまいちど　思いきり伏せさせる
型を外す段になったら

激痛がはしるだろう
わたしの皮膚に罅が入り　奇異な割れ方をするかもしれない
きれいに分かたれることもあるだろう
いずれにしても　わたしの素顔は　娘の罰として
永遠に欠落することになる
静寂がひろがってくる
このところ曇天や晴天がつづいている

落とし主は誰でしょうか　お母さん

マダム・ヴィオレ

風がとおりぬける
静けさのほかは　母の息づきだけ
歩けなくなったあなたは　よく眠るようになった
誰かが見のこした夢のなかにでも　まぎれこみ
もしや　紫をおびたピンクの蔓薔薇　マダム・ヴィオレが　アーチから白壁へ
　と咲きこぼれるころ
そんな香りのする

未知の朝のひとときなら
一枝の蔓薔薇の化身が　あなたなら　幸運だな
もつれた黙示のまま
旅に憧れ　大好きだった　あなたは
海外で　よく　なくしものをしてきた
いまは　どの土地で何を落としてきたか思い出せないでいる
聞かされてきた娘が
すこし　覚えているだけ

エルベ河をさかのぼる

ドイツ東部のドレスデン
第二次大戦末期　連合軍から　徹底した無差別爆撃をうけ
中心部は灰燼と化した街

あなたは　ドレスデンを流れるエルベ河を
船でさかのぼったとき
花柄の大判のスカーフを手すりに巻きつけてしまい
そのまま忘れてきたと　残念がっていた
それを　大事にたたんで
とあるリトアニアの青年が自宅まで持ちかえり
ユリアさんかしら　リナさんかな　母親への誕生日　驚かせようと
錆びた電気スタンドを磨き
あなたのスカーフは
息をのむような
華やかなシェードになっている

世界は　未知の人と人とのつながりが
ほのかに　さりげなく　ひそんでいる

淡い微光が　さらさらと　流れてくる

プラハ城

祖母の形見の着物地を
腐心して日傘に縫いなおした
あなたには掛替えのない宝物
チェコのプラハ城で　眼をうばわれ　つい置き忘れてしまったと
七十代だったあなたが涙ぐんでいた
紬縞の珍しさに魅かれたユダヤ系チェコ人の娘が
かぐわしい未生以前を匂わせる指さきで触れ
抱くように持ちかえり
真夏の石畳
フランツ・カフカさんの生家にほど近い抜け道を

誇らしげに差して歩いている

世界は　未知の人と人とのつながりが
ほつれながらも　惜しみなく　ひそんでいる
うるわしい微光が　髪にそって　そよいでいる

珊瑚の首飾り

追想の曲がり角
魂をうばわれるほどの絶景だったという町
ギリシャの海辺　テッサロニキ
あなたが落とした珊瑚の首飾りが
古いアパートの一室
暖炉の燃える老婦人の一人住まい

こざっぱりした出窓においてある　貝殻で細工された箱のなか
錻の入った小さな陶器の鈴や指輪と一緒に
大事にしまわれている
婦人には胸さわぐ事件だった
落とし主のことを
あれこれ想像しては
コートの下にそっと忍ばせ　教会へ向かう
聖歌は　いつになく　濁りない

世界は　未知の人と人とのつながりが
ひそんでいる宝庫　武器庫などとは　めっそうもない
つつましい微光が　人の肩にのっている

クラクフの街

初秋のポーランドが
あなたの　海をこえる最後の旅になるとは――
ヨーロッパは極寒になり
季節の残酷な爪跡か
薄着のままアウシュヴィッツを訪れたからでもなかったろうに
疲れきっての帰国だった
どこか　ぎこちなく　不安定な日々
唇をかみしめるようになった
ドイツ軍の司令塔がおかれていたため
第二次大戦の戦災をまぬがれたクラクフの町
その地にある保育園　子どもたちが輪になって歌っている
あなたの微笑み　練習した会話の欠片も

枯葉と一緒に焚かれ
曇った空に煙がのぼっていく
母の存在は　温もりを届けられたはず
ポーランドの防寒服の子どもたちとの写真のかたわら
アルバムに記されている
「こんな笑顔ってあるものね　クラクフにて」

世界は　先人と　未来の人とのつながりが
黙契のように　はてしなく　たゆたっている
微光は　渇仰と祈りに　より添っている

夕靄の旅人

母の言葉から意味が失われてきた
うとうとし　はっと　おおきく目を明けると　果てしれぬかなたから　自分を
　呼ぶものに
かすれ声のセンテンスで合図をおくる
また　目を瞑ってしまう
夕靄がかかってくる

†

淋しさに追いつめられてではないけれど
母には　できるかぎり
世界から消えない方法を考えてしまう
海をわたる旅が生きがいだったから
いま　この時　世界をめぐっている旅人ばかりではなく
年代　土地　言語　それに
民族さえ雑駁な旅人たちの書きつぐ「物語」のなかへと招かれてしまえば
どんなに爽やかな出会いが待っているかしら
頁をひらく人々に
生き延びさせてもらうこともできる

夕靄がかかる
誰もが独りになるこの時刻
人は別れた人を恋い　わずかな消息にすがり

さがしに出かけることになる
魔女が戯れる時でもあるから気をつけろと
ハンガリーに行った時　宿屋の主人　ボゴヴィッチさんから聞いた

母の魂の上澄み　そんなもの　役に立つまい
憂悶の情にかられ　なお絶叫をかくした母ならば
「物語」の何ヵ所かに登場する老女に値もするだろう

お母さん　わたしの願いはね
ロシアにキリスト教が受容されるより以前
森には　梢ほどにも背の高い「森の霊」
納屋は「家畜の霊」
竈には「家の霊」がいて　守っていたそうよ
あなたには　そんな土着の「魔女」になってほしいの

女知識者と崇拝されていた存在が
一転　魔性の女として恐れられるようになったのは
おおいに道理にはずれるけれど
その魔女にね
旅人をたっぷりと慰めてあげて
それから　からかったり

†

手擦れた表紙
頁をあけると　光りの文字がさすらう「物語」
読もうとすると　光りの文字は　読者の母語になっている

第七〇九章のはずれ　夕靄の雑木林のもと
野茨の小道にさそいこまれるようにして

ようやくたどりつける　ひっそりとレンガでできた棲み処
長い髪が踵までとどく女性が　あなたの館にやってくる

――息子が訪ねてきませんでしたか　髪は栗色
　長年　喘息で苦しみ　いっそ「物語」のなかで暮らしたいと
　そちらに送ったのですが

あなたは久しぶりの旅人にわくわくするのを抑えながら
髪の長い女性へ　上品に対応しているのだった

――あの寡黙な少年のことでしたら　よく　覚えています
　ここでは　水だけを飲んでいきました

次は　幅広の長上衣　崩れそうにうすい骨ごと縄帯で締めつけ

松葉杖をついた片足の男性が訪ねてきた

――わたしの母はここにお邪魔しましたか

――いいえ　その方は　あなたの匂いを嗅ぎわけ
　山の向かい側　あちらの森を歩いている頃ですから
　もし　寄られることがあったら　お伝えしておきましょう

「物語」の文字は　静止したままだと　寒いですか
母は未知の人からの秘話を聞くことが悦びだったから
扉を叩く人を待ちつづけているはず
アラビア海からのずぶ濡れの漁師
婚約相手が逃げてしまったサマルカンドの娘さん
素肌にカタツムリを貼りつけ

緑の涎をたらしている古老の巡礼者たち
あなたは相手の荷がかるくなるまで　微笑みを忘れず　耳をかたむけている
その七〇九章の七五行目から
頁をひらいて読みふけってくれる人の姿があるわ　幸運なこと

破れかけた装丁の巻もある
頁をひらくと　光りの文字が　さらさら　さすらう「物語」
紀元二十二世紀の読者も哄笑しているなんて……

あらっ　一〇五八章にも
母のことが書かれているわ
あなたは窓辺で編み物をしているのですって
赤ん坊の着るものばかり山積みになっていく
柩のガラスの覆いには　季節の花が生けてある花瓶がおかれ

風のわたる居間の壁には
年代も　土地も　民族もまちまちの地図
夢の残滓を奏でる　独善的な楽譜のようなものが
モザイク調に配置されている

秋もおわる頃
小柄な旅人が　銀鼠色のマントを着てやってくる

――どうも　世界の端には　地図にはない島があって
　男も女も　年々　短くなり　島は疵だらけ

――居間から　お好きな地図を選んで　旅をなさるといいわ
　突如として　あなた方の島影が透けてくるかもしれませんもの

†

「物語」のなかでは眠ることは禁物　言葉もそう
読者の想像力に　自分を託すしかないのだわ
なんだか　母は飽きてしまったみたいで
欠伸ばかりしだした　お行儀が悪い
そうか　そうだったのね――
人は旅することに命さえ賭ける
あぁ　何と厚かましい娘　わたしは
あなたこそ旅人
未知の時空を自在に移動していたかったのだわ

歳月とともに　衣装を　スパッと脱ぎ
母は　パンプスで溌剌と歩いていくから追いつけない

愛着のある黄色のワンピース
イングリット・バーグマンに似ていると知りあいから言われ
買ってしまったレースの手袋
箪笥の底だったけれど　忘れてない
嵌めてる　嵌めてる
革のトランクを片手に
どうしてなのか　あなたにだけは陽がさして
あたりは氷塊のまじった夕立
こんなに綺麗な母を見たことがない
慕わしい女性

あなたは　いつか
両側に原っぱのひろがる線路沿いを歩いている
母のすぐ上の姉

独身で　なかなかの美人が
銀座で手にいれたシックなスーツを着こみ
農大通りを誇らしく歩いてくる
店主をしている蕎麦屋と寿司屋は　当分　定休日ね
すずらん通りから　氷屋に嫁いだ小柄な伯母
褪せることのない「女盛り」を　思い思いの旅の鞄に忍ばせて——

姉妹の生家に近い木造の駅舎
ベンチに腰かけたり　跳びはねたり　久々の労働からの解放
旅への浮きたつ気持ちをしずめようもなく
葡萄茶の古い小田急線に乗りこむ
車内は仄暗い
姉妹たち　車窓に顔をよせている
多摩川にかかる鉄橋をわたる

夕靄にのまれていく

†

九十一歳の母のベッドにうつ伏して　眠ってしまったらしい
母がわたしの髪を撫でている
あなたは薄れていく意識のなかで　なお　出会えた人々と　僥倖と恐怖で織り
　こまれた旅そのものを繰っていたいのですね
夜が更ける

朱夏の告別

食がとぎれがちになり
水分はむせて苦しむので
わずかしかとれなくなった
母は　みずから　死を意識しただろう

陽の光りが明るく積もる
母は　ベッドで　いつになく　ゆったりと
死の重荷は未生の風光へ預けてしまったらしい
晴れ晴れとした表情で横になっていた

「もう　いいよ　いいんだよ」
とだえそうな声
半眼　息をのむような美しさで微笑んでいる
親しみをもった人々　出来事
思い出のささやかな扉を　しずかに　開け閉めしているようだった
一日を流れる永遠というものに浸かっていた
慈愛がうるむ
視線はすこしずつ下がり
九十一年の歳月をかけた愁いをおびる
インド亜大陸　アジャンター石窟寺院
第一窟に連鎖する　愁い
蓮華手菩薩――

菩薩壁画とわたしの出会いは　七年前の旅

身体をＳ字状にくねらせる
三屈法による　たおやかさ
まだ若いはずなのに　生きてきた道を忍ぶ半眼
みずからの心の奥処を問う愁いだ
半眼は　人々を救う祈り
手折ってきたばかりの蓮華の茎を指に
薫りをめでているのは
〈いま〉のことである

母はおおきく息を吐く
わたしは　母の息をもらいうける

どんな絵師の手になったのか　蓮華手菩薩像
もしや　西方

ペルシアの方からやってきた一群の絵師のなかにいたのではないか
どんな灯をかりての作業であったのか
岩盤をくりぬいた壁に漆喰を塗りこめ
その上に岩絵の具で　繊細に
壮年の絵師が
おのれの刻苦をしるす証しとして
描いたのだと思われる

アジャンター第一窟は
両壁に二畳ほどの空間がならぶ
僧侶たちが仏教の教えに身をさしだし
祈りの息は声にのせられ
声明は今生へ　他生へと滲透する
突如　ドラヴィダ人のガイドが腹の底から声をだした

ヒンドゥー教　バラモン教の教典の一節
インドの唄であったかもしれない
窟をめぐり　岩肌に水沫のように触れ　吸いこまれていった
玲麗とした調べであった
窟を掘ることだけに没入した職人の息が　夥しくも
〈いま〉を漂う

「もぅ　いいょ　いいんだょ」
あの窟の残響を抽きだし　蓮華手菩薩の幽愁にたゆたいながらのごとき寸刻の
　面差しで
母はわたしを赦してくれたのだ
生涯にあなたが見せたことのない半眼の微笑　そして愁い
朱夏　娘への告別であった

あとがき

昨年、二〇一四年の初夏、念願のコーカサスを旅してきた。南コーカサスの三ヵ国、アゼルバイジャン、グルジア、アルメニアを巡り、北コーカサスは不安定な情勢のため諦めた。歴史、民族、宗教が複雑に入り組むその地で、人々が手をたずさえて生きていくことの艱難、そして、希望を幾分でも刻印されてきた。

パートⅢには、娘の存在を忘れていく母、そして伯母や祖母をモチーフにした作品がそろった。地元の母方の伯母たちは商家に嫁いでいた。わたしは伯母たち皆に育てられたような気がしている。とりわけ、子どものいないキクエ伯母とキミコ伯母には可愛がってもらった。

小学校が夏休みに入ると、キクエ伯母の氷屋へ留守番の手伝いで泊まりこんだ。小柄な伯母は男まさりの働き手だった。長方形の氷柱、三十六貫（一三五キロ）の下にシートをかませ、氷屋特有の器具、爪で氷柱をガシッと挟む。「ううっ」呻き声。氷柱を一気に手前に倒す。伯母の顔は上気し、汗が流れる。そこから鋸で、黙々と氷を切り分けていく。

氷のしぶきが朝陽にかかり、綺麗だった。

十歳頃だったか。蕎麦屋と寿司屋をやっていた独身のキミコ伯母に、神田まで連れていってもらった。訪ねた家の引戸があくと、伯母は中腰になり、右手を前にさし出し「わたくし、世田谷は経堂、農大通りで、……寿司をやらせていただいている者でございます。親分さんには、日頃、お世話になりまして……」と堂々とした挨拶を披露した。伯母の冴えにわくわくした。板前の親分さんの家だったのだ。帰りは銀座へ出た。

伯母たちは、それぞれ夫より数段と気がつよかったが、たっぷりの愛情を持ちあわせていた。労働する姿は誇らしかった。

詩を書くことを励まして下さった皆様、ありがとうございます。

創作することを学ばせていただいている、畏敬する詩人、長谷川龍生様に感謝いたします。

お世話になりました思潮社代表の小田久郎様、編集部の藤井一乃様、装幀を担当して下さった和泉紗理様にお礼を申しあげます。

二〇一五年晩秋　　　　白井知子

白井知子

一九四九年東京生まれ

詩集
『血族』（一九八四年・小林出版）
『あやうい微笑』（一九九九年・思潮社）日本詩人クラブ新人賞
『秘の陸にて』（二〇〇七年・思潮社）
『地に宿る』（二〇一一年・思潮社）

詩誌「火牛」「幻竜」同人
日本現代詩人会　日本詩人クラブ　日本文藝家協会会員

漂《ただよ》う雌型《めがた》

著　者　白井知子《しらいともこ》
発行者　小田久郎
発行所　株式会社思潮社
〒一六二―〇八四二　東京都新宿区市谷砂土原町三―十五
電話〇三（三二六七）八一五三（営業）・八一四一（編集）
FAX〇三（三二六七）八一四二
印刷　三報社印刷株式会社
製本　小高製本工業株式会社
発行日　二〇一六年五月三十一日